사랑했다 영원히 사랑했다 한다

너와 마주친 순간

순간이라 하지 마라

영원 같으니

사랑하는 아내에게

시인의 말

너무 늦은 걸까
병들게 하지도
더 낫게 하지도 못하는 사랑이
시가 되는 것이

자율신경계

아내의 자율신경계가 고장 났다는
진단을 받았다
웃었다 화가 났다
미웠다 미안했다
보고 싶다 외로워지고 싶다
상처를 기억했다 이해했다

꿈을 꾸고 싶다 허무를 버렸다

바다가 아름답다 저무는 해가 불쌍하다

한다

어쩐지 나는 항상 뜨거웠다

청춘이 그토록 사치스럽고 성급했던
건
네 안의 여러 아이들과 춤을 추어야
했기 때문이다
나는 온몸의 세포를 다해 노력해야 했
는데

혁명을 이루고 싶었다

혁명은 성숙함과 미숙함이 함께 이루어

내는 것이라며

내가 성숙했다 네가 더 성숙했다

내가 사랑했다 네가 더 사랑했다 한다

영원히 사랑하는 것은 혁명이라며

사랑했다 영원히 사랑했다 한다

결혼

언제든 이별할 수 있는 게
결혼이었다면
뭣하러
그냥 강아지나 키우며 연애나 하지

신혼에도 이별 이야기
황혼에도 이별 이야기

둘이 안 맞는 건 진작 알았지만
아내가 없으면 아주 작은 것도 소화
가 안 된다며
남편 없이는 너무 불행하다며

언제든 이별하지 않으려고 노력한 게
결혼이었다면
둘 다 너무 착했다

착한 사람들끼리만 있어도

다투고

화해하곤 해 여보

아름다운 자두

오늘도 약한 자는 다쳐왔다
약육강식이 잠시 미웠지만
그 생태계의 톱니를 열심히
굴리는 나

열두 광주리 속 가장 문드러진

자두를 골라 먹었다
꼭 가장 별 볼 일 없는 것을 고르는
그럴 때 안심이 되는 나
근심을 먹는 아내
겁내지 마

당신만은 열두 광년 속 가장 아름다운
자두
오늘도 따돌림을 당하고 돌아온 아이가
사랑스럽다
그토록 사랑스럽다

도저히 포기를 못하겠는데

다가가 가장 아름다운 자두를 건네

는 아내

만우절

집에 소만 한 강아지가 있다
그리고 너를 좋아한다
강아지만 한 소도 있는데
너를 많이 좋아한다

네버랜드

그레텔이었을 때 젤리의 맛을 알았고
헨젤이 되어서는 만화를
섭렵하였지,
그리고 피터 팬이 되어서는 몰래 웬디를
사랑했는데

웬디와 다르게 나는 여전히 피터 팬
에 머물러 있지

피려 한다

소녀의 작은 손바닥과
나의 손바닥 사이
작은 꽃이 피려 한다
피려 한다니
언제까지 피려 한다니

기약

우리 언제 만나기로 했나요
비 오는 날이었던 가요
그런데 왜 오늘 비가 오죠
요즘 자꾸 비가 내리는 거죠
비 오는 날이었던 가요

이별의 별

이별의 별에 살고 있다
여기는 이별뿐인데
두 사람뿐이다

그 둘은
매일 이별의 고통을 겪는데

이별하다 보니

사랑하게 됐다

모두 죽어버렸다

정류장

인적 드문 정류장
어찌 이리도 꽃내음이 나는지
너는 나비를
나도 나비를 기다리지요

누구를 위한

누구를 위한 시냐고 묻지 말아요
더 이상 누구를 위해 살지 않으니
시가 아름답다고 하지 말아요
다 옛날이야기
전부 소녀 이야기

안전지대

비가 오자
나무 아래 숨었더니
이번엔 외로움이냐
어딜 가나 안전하지는 않은데
막우산을 들고 마중 나온
너라면

너에게
달려가
숨겠다

여전하구나

너 여전하구나
내게 아름다워 보이는 게
나 여전하구나

사랑은 오로지

사랑은 오로지
죽음으로만 끝날 수 있는 것임을
이제 바라옵기는
사랑하는 이를 위한
죽음이 되기를

에덴

이브가 내게 다가오더니
에덴이 어디냐 묻더라
(너와 내가 있는 곳이

낙원이라)

위로

살기 힘들어 선택한 것이
나라면
잘 왔다

사랑은 무해하여
너를 해치지 않는다

나 없이
너 없이
우리는 그만 살고 싶었다

울고 싶어 하는 등을 문지르니
눈물이 요동쳤다

뚝 하늘에서

중력대로

뚝

뚝

나에게로

위로

웃음

웃어주고 싶은 사람 하나 생겼다
그 소녀는 나를 보며 웃는다
웃음이
쌓여버렸다

네 안에 든 것

향긋한 꽃이어서 온 것이 아니다
잘 나는 나비여서도
착한 돌고래여서도 아니다
그냥 네 안에 든 것이 좋다

기다리라는 말

낙엽이 쌓이고 부스러질 때까지 기다리
겠습니다
신발이 얼고 녹으며
발바닥이 으스러질 때까지 기다리겠습
니다
기다림은 영원한 것이니

그러니 다시는 내게

기다리라는 말

하지 말아주세요

동산

내 세상의 동산에
소녀를 데려다 놓았지
이제 생명마다 소녀가 부르는 것은 저들
의 이름이 되곤 해

세상 끝날

세상 끝날
너는 무얼 가지고 갈래
나는 너를 가지고 가겠으니
굳이 나를 선택하지 않아도 좋아

너는 아는지

너는 아는지
외로운 사람을 사랑하는 것은
더 외로운 순간이라는 것을

언젠가

외로운 사람을 사랑하게 되었는데
더 외로운 순간까지도 사랑해버렸지
너는 알고 있는지

꽃샘추위

꽃을 시샘하는 추위는
아직 갈 기색이 없는데
임의 신에는 꽃이 펴왔다
꽃으로 차오른 임의 신

꽃을 밟지 않고 신으려는 임의 마음은
왕후의 덕목
임으로 차오른 나의 맘
나로 인해 추위가
더욱 가시질 않겠구나

무릎 꿈

날카롭고 차가웠던 날
그대 무릎 위에 잠이 들었지
그대의 따뜻함에 꿈까지 꾸었지

돌다리

집으로 가는 길
쉬운 길을 두고 굳이
먼 길을 돌아 개천의 돌다리를 건넌다
돌 하나에 만 개의 물소리를 들으며

너에게 전화를 걸어

오늘도 속상했을

지금도 외로울 너의 마음에

폭포가 쏟아지겠거니

너와 함께

돌다리를 건넌다

용서

영원히 사랑한다는 말은
짧다
단 한 번의 추함으로 추한 사람이 되고
만다

사랑은 불행해졌고

매일 신을 원망했다
신은 사랑을 너무 쉽게 했다고
어떻게든 용서하려 했으나
별만 무척 빛났다

그동안 많이 힘들어할 걸 알면서도

내가 소중했다

너보다

내가 더 컸다

내가 나아가지 못하는 것보다

너를 구덩이에 두는 게 더 중요했다
나보다 네가 더 컸다

어떻게든 용서하려 했으나
이제 와 용서를 빈다

어여뻐

눈이 멀수록
어여쁘다
입술이 가까울수록
네가 어여뻐

사랑을 욕하지 말아요

사랑을 욕하지 말아요, 마음이 가난
해서 생긴 일이니

우리

그 어느 행성에서도
우리는 없다
없는 것을 있게 하려니
어렵다

자장가

밤이면 너는 울음을 참으며 자더라
그 밤에 자장가를 불러주었더니
꿈에 너를 울려버렸어

내가 그러지 말라고 했다

굳이 백인이 되지 않아도 돼, 아무것
안 돼도 내가
너를 사랑한다는 것을 보여줄 테니
내가 그러지 말라고 했다

고마워

다 이해가 돼
너는 그렇게 생존해 왔으니
무사히 자라
내게로 와주어
고마워

첫

너를 보고
속으로 웃는다

돌 같은 마음에
첫 물이 고인다

희생

결국 너는 둘 다 살 수 있는 길을 버렸
다
이제 누군가 한 명은 죽어야만 한다니
그날 밤은 잠시 앓았었다

그날 이후 너와는 온 힘을 다해 웃
고 시는 안타까워지기 시작했다
너와 웃고
시와 울고

아이들

네 안에
어느 아이들이 뛰노는지
아직 다 만나지 못했다
나무 뒤에 숨은 아이
연못 아래 숨은 아이
다 만나자

나무 뒤에서

연못 아래서

더불어 놀자

간단

너는 항상 아프고
나는 어쩌다 괴롭다
그래서 나는 항상 져주기도
간단하지

소녀여

소녀여, 파도 소리에 묻혀 살까요
신은 제가 가지런히 놓을게요

하나

하나인 줄 알았던
너와 나 사이
낯선 벽.
서로의 가장 깊은 곳, 더 깊이 존재하
던 벽에
손을 짚은 줄 알았다네

이제 모든 감각이 사라진대도

그댈 향한 장애는 없어야 한다는 것을

밤하늘

그대 없이 밝은 달이 야속하여 잘게 부
수니
그 부스러기들이 밤하늘에 만 개로 흩
어져 더욱 빛나네
괜히 부쉈다

기도

당신이 있는 곳에 신의 비가 내리나요
신의 바람이 불고 있나요
내가 그렇게 기도하고 있는데요

너와집

내 하늘의 눈이
먼저 내리나 보다
너와집에 살 꿈을 꾼다

이불 속

천둥 치던 그날 밤
이불 속은
첫눈 내리는 소리

구름

내 하늘의 구름이 참으로 기이한데 너에
게로 가는 것인지

꽃다발

이 계절을 기다리며
만 번을 얼고 녹았습니다
그 자욱 자욱들은 아팠는데
모아놓으니 쉬운 게
야속합니다

오늘은 웃을 날인데
그래서 꽃다발로 웁니다
꽃다발이 건네지니
나의 눈물에
너의 눈물이

뚝

뚝

뚝

꽃다발

여기 있어

사랑 없이 살 수 있다는 너를
꼭 안아줄 사람
아직 여기 있어

하나의 시라도

영원에 이르렀다

사랑을 하면서도
영원히 너를
사랑하고 있었다

그렇게 나는 너를

한시도 사랑하지 않은 적이 없어라

편집자의 말

글을 쓰는 것만큼이나 책을 만드는 것
이 행복에 가까웠습니다.

보기에 예쁜 책을 만드는 것도 좋지만
읽기에 쉬운 책을 만드는 것은 우리의
행복이었습니다.

이 책은 제가 사랑하게 된 시집입니다. 문을 열고 제가 사는 세상에 건너와 보시길 바랍니다. 아직 오지 않은 세상이 여기 있을 듯 합니다.

2018년 가을

핸디북_큰글자책

사랑했다 영원히 사랑했다 한다

초판 1쇄 인쇄   2018년 11월 30일
초판 1쇄 발행   2018년 11월 30일

지은이   김 동 하
펴낸이   김 동 하

제작   북랩

펴낸곳   시온의 문
등 록   2004.12.1(제2011-77호)
주 소   서울 서초구 반포대로 275, 122동 1301호
이메일   zion8476@naver.com

ⓒ 김동하, 2018, Printed in Korea.

ISBN   979-11-951903-8-6   00810 (종이책)
      979-11-951903-9-3   05810 (전자책)

이 도서의 국립중앙도서관 출판시도서목록(CIP)은 서지정보유통지원시스템 홈페이지
(http://seoji.ni.go.kr)와 국가자료공동목록시스템(http://www.ni.go.kr/kolisnet)에서
이용하실 수 있습니다. (CIP제어번호 : 2018037909)